Analyse d'œuvre

Rédigée par Quentin de Ghellinck

La Ferme des animaux

de George Orwell

GEORGE ORWELL

- Né en 1903 à Motihari (Inde).
- Mort en 1950 à Londres.
- **Ses œuvres principales :**
  - *Dans la dèche à Paris et à Londres* (roman autobiographique, 1933)
  - *Hommage à la Catalogne* (roman, 1938)
  - *1984* (roman d'anticipation, 1949)

La vie de l'écrivain britannique George Orwell est des plus mouvementées : après avoir travaillé dans la police impériale en Birmanie, il connaît une période difficile marquée par la pauvreté, puis part combattre aux côtés des républicains durant la guerre d'Espagne (1936-1939). L'homme a également exercé de nombreux métiers (plongeur dans un restaurant, professeur d'anglais, journaliste et commentateur politique), avant d'être consacré comme écrivain.

Sa production romanesque est à l'image de son existence : multiforme ; elle reflète les nombreuses péripéties qui ont jalonné la vie d'Orwell. Au-delà des aspects strictement littéraires de son œuvre, ce dernier se fait le critique des sociétés totalitaires, dénonçant non seulement le régime soviétique, de plus en plus autoritaire à l'époque durant laquelle il écrit, mais aussi la surveillance des masses dans les démocraties occidentales. Son œuvre phare est sans conteste *1984*, la dernière qu'il ait écrite. Il s'agit d'un roman visionnaire et très pessimiste qui décrit l'hypothétique avenir de la société mondialisée en 1984 : le monde est alors gouverné par un régime totalitaire dans lequel le contrôle des citoyens est absolu, où les manipulations du pouvoir sont monnaie courante et où le langage est simplifié pour éviter qu'il ne soit détourné en vue de produire des discours négatifs. Le concept de *Big Brother* présenté dans le livre a fait florès et sert désormais de référence dans la critique sociale et politique. Le souffle prophétique qui traverse cette œuvre classe George Orwell parmi les plus grands écrivains de la littérature d'anticipation et de la critique sociale.

LA FERME DES ANIMAUX

- **Genre :** fable allégorique et politique.
- **1ʳᵉ édition :** le roman est publié pour la première fois en 1945.
- **Édition de référence :** *La Ferme des animaux*, Paris, Gallimard, 1984.
- **Personnages principaux :**
  - Napoléon, un cochon autoritaire qui prend le pouvoir à la Ferme.
  - Boule de Neige, également un cochon, principal opposant à Napoléon.
  - Malabar, un cheval courageux et humble qui croit longtemps aux vertus du nouveau régime.
  - Mr Jones, l'ancien propriétaire, humain, de la Ferme.
- **Thèmes principaux :** l'histoire politique de l'URSS, la révolution, le culte de la personnalité, la critique du totalitarisme.

George Orwell achève la rédaction de *La Ferme des animaux* en 1944, mais le roman ne paraît qu'un an plus tard et il faut attendre deux années de plus pour la traduction française. Si sa publication tarde tant, c'est en raison de la critique féroce que le livre déploie à l'encontre de l'évolution de l'URSS alors même que les Russes sont perçus, au lendemain de la Seconde Guerre mondiale (1939-1945), comme des alliés majeurs. Les éditeurs de l'époque sont donc particulièrement réticents vis-à-vis de l'œuvre.

Sous la forme d'une allégorie – la révolution des animaux dans une ferme –, George Orwell dénonce avec force et de manière à peine voilée les déviances du régime instauré par Joseph Staline (1878/1879-1953) en Union soviétique. Mais le livre peut également être lu comme une fable sur les dangers inhérents à tout processus révolutionnaire. Orwell y critique notamment le culte exacerbé de la personnalité du chef, la modification du passé par l'histoire officielle, l'endoctrinement et la manipulation idéologique des masses ou encore le système d'exploitation et d'asservissement des citoyens-animaux. L'auteur signe donc une satire profondément lucide et désabusée, appelée à servir de cadre de référence pour la critique des totalitarismes et des sociétés de contrôle. Si la lecture de l'œuvre est légère et aisée, sa signification est quant à elle profonde et sans appel.

LA VIE DE GEORGE ORWELL

Portrait de George Orwell daté de 1940.

SUR LES PAS DU PÈRE

George Orwell, de son vrai nom Éric Arthur Blair, naît en 1903 à Motihari, en Inde, qui fait alors encore partie de l'Empire britannique. Son père, comme son grand-père avant lui, travaille dans l'administration, ce qui amène la famille à effectuer de nombreux voyages. George Orwell revient en Angleterre en 1904 et ne verra plus son père avant 1911, alors que ce dernier prend sa retraite.

Le jeune garçon est d'abord scolarisé à la St Cyprian's School, dont il gardera un souvenir exécrable. Élève brillant et volontaire, il accède ensuite au prestigieux collège d'Eton, qu'il fréquente de 1917 à 1921. Ces années sont heureuses, mais il ne s'investit plus dans ses études avec la même ardeur. C'est à cette époque qu'il commence à écrire ses premiers poèmes.

En 1922, George Orwell suit les traces de son père et part pour la Birmanie, qui est également une colonie britannique, en tant que sergent de la police impériale. L'heure est aux premières revendications d'indépendance des pays colonisés, mais les mouvements indépendantistes sont réprimés, parfois très brutalement. Le sentiment du jeune homme passe de l'ennui – il est contraint de changer à plusieurs reprises de lieu d'affectation et se retrouve à chaque fois dans de petites villes provinciales – à un dégoût profond vis-à-vis de sa fonction. Cette expérience le rend farouchement anti-impérialiste.

DES BAS-FONDS AUX PREMIÈRES PUBLICATIONS

Ayant donné sa démission en 1927, Orwell rentre à Londres et se lance comme écrivain. Mais ses débuts sont difficiles : il peine à se faire éditer. Pour récolter la matière première de ses romans, il suit les pérégrinations de vagabonds et de clochards, qui le fascinent. En 1928, il s'installe à Paris, où il alterne les petits jobs pour subvenir à ses besoins : il donne des leçons d'anglais, écrit des articles pour des journaux communistes et fait même la plonge dans un hôtel. Cette parenthèse parisienne ne lui réussissant guère, l'apprenti écrivain revient à Londres en 1929, année durant laquelle il contracte une pneumonie. En dehors de ces quelques éléments, on ne connaît pas grand-chose de sa vie au cours de cette période, mais ses expériences de la « dèche » sont abondamment relatées dans son ouvrage *Dans la dèche à Paris et à Londres*, qui paraît en 1934.

La même année, Orwell accepte un poste d'enseignant dans un établissement privé du Middlesex, mais une nouvelle pneumonie l'oblige à abandonner sa place dès l'année suivante. Il repart alors à Londres où il trouve un emploi dans une librairie. Il rencontre à cette époque Eileen O'Shaughnessy, qu'il épouse en 1936. Son éditeur, Victor Gollancz (1893-1967), qui a déjà publié ses premiers romans (*Une histoire birmane*, 1935 ; *Une fille de pasteur*, la même année ; ou encore *Et vive l'Aspidistra !*, 1936), l'envoie ensuite en mission pour enquêter sur les conditions de vie des mineurs anglais. Le livre qui en résulte, *Le Quai de Wigan* (1937), fait polémique en Angleterre à cause de son analyse des raisons de l'échec de la gauche à mobiliser les mineurs.

Les expériences vécues au cours de ces années renforcent l'engagement de George Orwell pour la cause socialiste. En 1936, il décide de s'embarquer pour rejoindre les Brigades républicaines en Espagne afin de lutter contre l'insurrection militaire du général Franco (1892-1975).

L'HEURE DES ENGAGEMENTS

Après s'être battu aux côtés des républicains dans les rangs du Parti ouvrier d'unification marxiste (POUM), l'écrivain débarque à Barcelone en 1936, où il est nommé instructeur, son passé dans la police impériale lui étant fort utile. Là, il lui semble que les barrières psychologiques dressées entre prolétaires et bourgeois, qu'il jugeait infranchissables, sont enfin abolies. Il combat sur le front d'Aragon, puis retourne à Barcelone, où certaines coalitions du camp républicain s'opposent entre elles. Le Parti socialiste unifié de Catalogne (PSUC), une faction rivale du POUM, isole et condamne ce dernier comme organisation fasciste. George Orwell est finalement contraint de rentrer à Londres. Son expérience en Espagne constituera la trame de son œuvre *Hommage à la Catalogne*, publiée en 1938.

À son retour au pays, alors que les tensions sont de plus en plus vives en Europe, l'écrivain adopte une position originale par rapport à l'engagement antifasciste : pour lui, les nations colonisatrices européennes ont beau jeu de se présenter comme des gardiennes de la démocratie par le biais de leur antifascisme revendiqué, alors qu'elles exploitent sans scrupule des centaines de milliers de gens dans les colonies. Par ailleurs, lorsque, suite à la signature du pacte germano-soviétique en 1939, les partis européens de gauche affiliés à Moscou défendent subitement une position pacifiste, George Orwell rompt avec le parti travailliste anglais et défend désormais une opinion patriotique. Il s'engage, malgré une santé toujours défaillante, dans la *Home Guard*, chargée de défendre les côtes anglaises en cas d'invasion allemande. Parallèlement, en 1941, il rejoint la BBC, où il est chargé d'un programme culturel et d'actualité.

En 1943, Orwell entame la rédaction de *La Ferme des animaux*, qu'il termine en février 1944 et qui est publié en 1945. La même année, il devient commentateur de la vie politique allemande pour le journal *The Observer*. Mais, après le décès de sa femme qui souffrait d'un cancer, l'écrivain rentre en Angleterre et se lance dans la rédaction de *1984*, son plus célèbre ouvrage, qui paraît en 1949. C'est alors que George Orwell est frappé par la tuberculose. Bien que déjà admis à l'hôpital, il épouse en secondes noces Sonia Brownell, qui contribuera à rassembler, à diffuser et à défendre son œuvre après sa mort. L'écrivain décède peu après, le 21 janvier 1950, et est enterré dans le cimetière de l'église de Sutton Courtenay, dans l'Oxfordshire.

LA POLÉMIQUE DE LA LISTE DE NOMS COMMUNISTES

En 1996, certains journaux ont rendu publiques des archives de l'État dans lesquelles figurait une liste de personnalités anglaises qu'Orwell aurait transmise aux services de renseignement anglais afin de les aider à identifier les communistes secrètement dissimulés sur le territoire (les « cryptocommunistes »). Toutefois, cette attitude semble peu compatible avec ses prises de position. Il paraît plus plausible qu'il ait cédé, dans les derniers jours de sa vie, aux manœuvres d'une jeune fonctionnaire de ces services qui le connaissait bien, Celia Kirwan, afin d'établir cette liste.

RÉSUMÉ DE
LA FERME DES ANIMAUX

LE RÊVE DE SAGE L'ANCIEN

La Ferme des animaux relate les événements succédant à la révolution des animaux de la Ferme du manoir, au cours de laquelle ceux-ci ont chassé l'exploitant humain, Mr Jones, afin d'instaurer un nouveau mode d'organisation politique. La ferme est rapidement rebaptisée « Ferme des animaux ».

Le récit s'ouvre sur une réunion à laquelle sont convoqués, dans le plus grand secret, tous les animaux de la ferme. Un vieux cochon, appelé Sage l'Ancien, fait part aux autres bêtes, juste avant de mourir, d'un songe qu'il a fait dans lequel une nouvelle société lui est apparue : tous les animaux y étaient égaux et s'étaient débarrassés du joug humain, les rations de nourriture étaient distribuées équitablement et chacun était récompensé selon sa peine, tout en disposant du minimum pour subsister. Sage l'Ancien incite alors ses amis à se révolter contre Mr Jones et entonne une vieille chanson dont il s'est souvenu en rêve, *Bêtes d'Angleterre*, reprise en chœur par tous.

Peu de temps après la mort du vieux cochon, les animaux, en colère à cause du manque de nourriture, prennent les armes (en fait, des instruments agricoles) et expulsent *manu militari* Mr Jones. Il leur faut ensuite organiser une nouvelle société.

UNE SOCIÉTÉ NOUVELLE

Les cochons, plus intelligents que les autres animaux, apprennent rapidement à lire et à écrire, et s'imposent en tant que classe dominante. Deux d'entre eux prennent le *leadership* de la Ferme des animaux : Boule de Neige et Napoléon. Ils sont secondés par un troisième cochon, Brille-Babil, chargé de la propagande. Ensemble, ils élaborent une doctrine, l'animalisme, résumée en sept points fondamentaux sur un panneau pendu au mur de la grange :

> « Règle n° 1 : Tout deux pattes est un ennemi.
> Règle n° 2 : Tout quatre pattes est un ami.
> Règle n° 3 : Nul animal ne portera de vêtements.
> Règle n° 4 : Nul animal ne dormira dans un lit.
> Règle n° 5 : Nul animal ne boira d'alcool.
> Règle n° 6 : Nul animal ne tuera un autre animal.
> Règle n° 7 : Tous les animaux sont égaux. » (p. 30)

Mais, bientôt, Napoléon et Boule de Neige s'opposent sur tous les sujets, en termes d'organisation comme d'idéologie. Finalement, le second est évincé par les neuf chiens que Napoléon éduquait en secret depuis leur naissance dans le but de prendre le pouvoir. Boule de Neige, exilé, devient alors l'ennemi public numéro un de la Ferme des animaux : on le tient pour responsable de tous les malheurs qui surviennent, notamment de l'effondrement du moulin qui avait été construit par tous les animaux durant la première phase de la révolution afin d'alléger le travail de chacun. La restauration de l'édifice demande d'importants efforts qui seront à nouveau anéantis, à la fin du livre, lorsque le moulin sera détruit, cette fois par des humains. Cet événement donnera lieu à la bataille du moulin à vent, lors de laquelle les animaux l'emporteront sur les hommes.

VERS UN RÉGIME AUTORITAIRE

Au fil du récit, Napoléon met progressivement en place un véritable régime de terreur. Les animaux sont soumis à un rude travail en échange de vaines promesses. C'est Brille-Babil qui est chargé de les convaincre, au moyen d'arguments fallacieux, du bien-fondé des exigences imposées par leur chef. La plupart des animaux n'étant pas dotés de grandes facultés de réflexion et de critique, en particulier les oies et les vaches, ils acceptent sans broncher – voire avec enthousiasme – les discours de Brille-Babil.

La trajectoire du cheval Malabar est emblématique : on le voit travailler sans ménager sa peine, avec entrain, persuadé de participer à la construction d'une société idéale, jusqu'au jour où, rompu par de longues années de labeur et désormais inutile, il est envoyé chez l'équarrisseur, sous prétexte de bénéficier d'une retraite de luxe.

Par ailleurs, Napoléon et Brille-Babil n'hésitent pas à rectifier l'histoire de la révolution des animaux, accusant Boule de Neige de trahison et salissant sa mémoire. Ils modifient également les sept principes de l'animalisme, à mesure que les chefs adoptent les mœurs et les coutumes des humains, notamment concernant la consommation d'alcool ou le fait de dormir dans des draps. Par rapport au reste des animaux, complètement asservis, les cochons deviennent une élite privilégiée à plus d'un titre. La propagande et les diverses mesures mises en place par le régime légitiment et maintiennent cet état de fait. D'ailleurs, à la fin du livre, Malabar et sa jument Douce découvrent que le dernier des sept commandements, qui stipulait que tous les animaux étaient égaux, a été légèrement modifié : « Tous les animaux sont égaux, mais certains le sont plus que d'autres. » (p. 144)

LES RELATIONS AVEC LES FERMES AVOISINANTES

Les deux fermiers voisins, Mr Frederick et Mr Pilkington, voient d'abord d'un très mauvais œil les bouleversements qui surviennent à la Ferme du manoir et l'avènement d'un régime dirigé par les animaux. Dans un premier temps, ils calomnient et déforment le message révolutionnaire de la Ferme des animaux, pour éviter qu'il ne se propage. Bien que leurs relations avec Mr Jones aient toujours été exécrables, ils tentent, sans succès, de remettre ce dernier au pouvoir au moyen d'une intervention armée : la bataille de l'étable.

Napoléon, de son côté, se livre à une véritable propagande de diabolisation des deux fermes voisines. Mais au fil du roman, alors que les bêtes de la Ferme des animaux ont de moins en moins de nourriture et travaillent de plus en plus dur, le cochon noue avec eux de juteuses relations commerciales. Cela n'empêche pas Mr Frederick et Mr Pilkington de chercher à escroquer Napoléon en payant des fournitures en monnaie de singe, épisode que le chef de la Ferme des animaux s'empresse d'interpréter en complot ourdi par Boule de Neige.

Enfin, les hommes et les animaux s'opposent une dernière fois lors de la bataille du moulin à vent, lorsque Mr Frederick trahit Napoléon en attaquant la Ferme des animaux avec une grande violence. Les pertes sont lourdes et le moulin à nouveau détruit, mais les animaux sont une fois de plus victorieux. Le roman se conclut finalement par un grand banquet où hommes et animaux trinquent ensemble, et par la transformation des cochons en humains.

L'ŒUVRE EN CONTEXTE

La Ferme des animaux est rédigé entre 1943 et 1944, mais ne paraît qu'en 1945, à la fin de la Seconde Guerre mondiale, en raison du contexte particulier de l'époque.

LES DÉRIVES DU STALINISME

Juste avant d'entreprendre l'écriture de *La Ferme des animaux*, George Orwell démissionne de son poste à la BBC, excédé par les manœuvres du ministère de l'Information et par une brochure donnant des conseils aux journalistes pour apaiser les peurs de la population concernant l'évolution de l'URSS.

Fort de son expérience dans les rangs du POUM lors de la guerre d'Espagne, l'écrivain connaît bien les ficelles de la propagande d'État : le POUM, bien qu'actif sur le front, s'est fait évincer et nombre de ses membres ont été assassinés par le PSUC, qui agissait sous la houlette de Moscou en contrepartie de moyens financiers et militaires. En réalité, à cette époque, l'URSS dirige de loin tous les mouvements anti-impérialistes et anticolonialistes se réclamant du communisme à travers le monde, y compris en Espagne, et ce dans le but d'étendre toujours plus son influence. Elle leur fournit des armes, du matériel et des moyens financiers, et n'hésite pas à les manipuler pour son seul profit, faisant à l'occasion preuve d'un cynisme révoltant. Ainsi, le régime communiste mis en place par Joseph Staline, malgré son projet d'une société plus juste, connaît des dérives autoritaires, voire totalitaires : organisation d'un système de propagande, culte de la personnalité du leader, manipulation des masses, emprisonnement des opposants politiques ou encore étouffement de toute velléité de révolte ou d'opposition, et ce par tous les moyens. Or c'est justement ce qu'Orwell entend dénoncer au moyen de sa fable satirique.

Cependant, en 1944, Staline et son Armée rouge sont, pour les Anglais, des alliés de taille : ils repoussent les Allemands vers Berlin et se préparent à s'emparer de la capitale germanique, contribution essentielle à la victoire alliée. Magnifiés par la presse – avec parfois, comme on l'a déjà dit, quelques pressions et incitations émanant du ministère de l'Information –, les exploits de l'Armée rouge sont sur toutes les lèvres. *La Ferme des animaux* et sa critique du régime stalinien ne sont donc pas les bienvenues dans un tel contexte.

LES REFUS SUCCESSIFS DES ÉDITEURS

On comprend dès lors pourquoi George Orwell essuie quatre refus de la part d'éditeurs. S'ils évoquent des prétextes divers, tous soulignent cependant le caractère injurieux qu'il y a à assimiler les élites soviétiques à des cochons. Finalement, c'est Fredric Warburg (1908-1966) qui, malgré la pression exercée par son entourage et des agents du ministère de l'Information, se décide à publier *La Ferme des animaux*, le 17 août 1945.

Sa difficulté à trouver un éditeur inspire à Orwell une préface intitulée *La Liberté de la presse*, dans laquelle il décrit les mécanismes d'autocensure. Le refus de toute critique stalinienne n'est en effet nullement motivé par une interdiction expresse émanant des autorités gouvernementales, mais uniquement par la censure que les éditeurs, les journalistes et les auteurs s'imposent à eux-mêmes dans un accord tacite. Cette préface n'est pas publiée dans l'édition originale, pour des raisons inconnues, et aucune des éditions successives ne la mentionne non plus, jusqu'à ce que Bernard Crick (1929-2008), grand connaisseur et biographe de George Orwell, l'exhume en 1976 et la publie dans une revue littéraire. Cependant, jusqu'en 2009, la plupart des éditions n'en font pas mention.

ANALYSE DES PERSONNAGES

Les personnages du roman sont les traditionnels animaux d'une ferme de type européen. Certains ont un caractère bien prononcé et correspondent à des personnages historiques russes, tandis que d'autres représentent des groupes sociaux ou des personnalités types.

LES COCHONS

Il s'agit des animaux les plus intelligents de la ferme. Ils représentent les bolcheviks, c'est-à-dire les membres du groupe politique russe ayant mené la révolution de 1917, qui a débouché sur la formation de l'Union soviétique. S'éloignant progressivement du message originel de Sage l'Ancien, ils finissent par soutenir le régime de Napoléon. Quatre d'entre eux se distinguent plus particulièrement :

- **Sage l'Ancien**, est un vieux cochon vénéré par les autres animaux. Il fait un rêve prémonitoire annonçant l'établissement d'une société meilleure et plus juste débarrassée du joug humain. Inspiré à la fois de Karl Marx (1818-1883), théoricien du socialisme et auteur du *Manifeste du parti communiste* (1848), et du révolutionnaire et homme d'État russe Lénine (1870-1924), à l'origine de la révolution, il représente l'idéal communiste originel ;
- **Boule de Neige**, est un cochon vif d'esprit, entreprenant et inventif. C'est lui qui prend les rênes de la révolution, cherchant sincèrement à réaliser la société meilleure prédite par Sage l'Ancien, avant de disputer le commandement du nouveau régime à Napoléon. Il tente par ailleurs d'étendre la révolution à d'autres fermes. Il incarne Léon Trotski (1879-1940), le leader bolchevique évincé puis éliminé sur ordre de Staline, mais également, à certaines occasions, Lénine. Une fois Boule de Neige disparu, Napoléon en fait le bouc émissaire de la ferme, responsable de toutes les afflictions qui accablent les animaux ;

- **Napoléon**, le personnage principal du roman, est un cochon déterminé, autoritaire et paranoïaque. Mû par une volonté de pouvoir, il élève et endoctrine en secret neuf chiens qui l'aident à s'imposer et qui forment sa garde personnelle. Il confisque ainsi la révolution et met en place un régime totalitaire au sein duquel il favorise la caste des cochons et n'hésite pas à asservir les autres animaux. Il est également corrompu et n'hésite pas à propager de fausses informations afin de susciter l'approbation du reste de la ferme. Tous ces traits le rapprochent incontestablement de Joseph Staline ;
- **Brille-Babil**, quant à lui, s'illustre par son éloquence. Il ne renvoie pas à une personnalité en particulier, mais symbolise de manière générale l'appareil de propagande communiste. Il convainc en effet les autres animaux du bien-fondé des décisions de Napoléon et des cochons au moyen d'arguments spécieux. De même, il n'hésite pas à user de menaces voilées et à déformer la vérité, procédant ainsi à la rectification progressive du discours officiel sur l'histoire afin d'obtenir l'adhésion de la majorité des bêtes au nouveau régime.

Enfin, citons également Minimus, le poète du régime, qui compose des vers élogieux sur Napoléon et le système mis en place. Il est peut-être inspiré du poète Maïakovski (1893-1930).

LES FERMIERS

Les fermiers incarnent les classes dominantes russes d'avant la révolution de 1917. Ils tentent, dans un premier temps, de rétablir leur souveraineté sur la ferme, puis ils font finalement affaire avec le nouveau régime des cochons.

Parmi eux, on trouve tout d'abord Mr Jones, le propriétaire de la Ferme du manoir, qui en est expulsé par ses propres bêtes après avoir, comme fréquemment, oublié de les nourrir. Il personnifie le tsar Nicolas II (1868-1918), renversé par la révolution de 1917. Mr Frederick, qui possède la ferme voisine de Pinchfield, représente pour sa part Adolf Hitler (1889-1945) et l'Allemagne nazie, tandis que Mr Pilkington, qui gère l'autre ferme avoisinante, Foxwood, renvoie aux démocraties européennes, plus particulièrement à l'Angleterre de Winston Churchill (1874-1965). Tous deux cherchent à conclure discrètement des pactes avec les cochons, mais Mr Frederick trahit Napoléon en envahissant la Ferme des animaux, tout comme Hitler a trahi Staline en envahissant l'URSS. Notons également que même s'ils sont opposés à l'animalisme, ils se révèlent pourtant incapables, à l'instar de leurs avatars historiques, de s'associer.

Enfin, il reste encore Mr Whymper, dont on ne sait pas grand-chose, si ce n'est qu'il a été choisi par Napoléon pour servir d'intermédiaire dans les relations entre la Ferme des animaux et les humains. En ce sens, il symbolise les milieux d'affaires internationaux qui n'étaient pas embarrassés de faire commerce avec l'URSS.

LES ÉQUIDÉS

Malabar, partout accompagné de la jument Douce, est un cheval puissant et courageux qui contribue grandement à l'édification du moulin et aux travaux collectifs. On peut même dire qu'il se tue à la tâche. Il symbolise les classes laborieuses russes qui, bien qu'exploitées, sont entièrement dévouées au régime stalinien et croient sincèrement œuvrer pour une société meilleure. Pour le récompenser de ses efforts, Napoléon envoie Malabar chez l'équarrisseur, tout en faisant croire aux autres animaux qu'il s'agit d'une retraite de luxe.

Inversement, le meilleur ami de Malabar, Benjamin, un vieil âne atrabilaire et lucide, ne se fait aucune illusion sur la révolution et le régime de Napoléon, mais il ne fait rien pour s'y opposer. En ce sens, il incarne peut-être George Orwell lui-même.

Enfin, parmi les équidés, on trouve encore Lubie, une jument qui adore se parer de décorations et se pavaner. Cependant, elle émigre vers d'autres fermes au début du roman, à l'instar des Russes ayant fui lors de la révolution de 1917.

LES AUTRES ANIMAUX

Les poules, les vaches, les oies et les moutons, qui représentent le gros des animaux de la ferme, incarnent quant à eux la population russe en général. Beaucoup sont crédules et répètent à l'unisson les slogans imposés par Napoléon et sa clique. Certains s'accusent de crimes, parfois imaginaires, sous l'effet de l'endoctrinement et de la propagande ; ils sont exécutés lorsque Napoléon prend le pouvoir, un épisode qui renvoie aux procès de Moscou (une série de procès truqués mis en place par Staline entre 1936 et 1938 afin d'éliminer toute la vieille garde bolchevik susceptible de le concurrencer à la tête de l'État). Suite à ces exécutions, les animaux de la ferme se contentent généralement de travailler sans rien remettre en question, ni les arguments avancés par Brille-Babil pour justifier les heures de travail supplémentaires, ni la diminution des rations de nourriture. Les moutons, qui incarnent les masses endoctrinées, empêchent toute forme de débat en scandant à toute occasion le slogan « Quatrepattes, oui ! Deuxpattes, non ! »

À côté de ces animaux de ferme, d'autres viennent encore s'ajouter au groupe, notamment le vieux corbeau Moïse. S'il est d'abord l'allié de Mr Jones, il s'acoquine finalement avec Napoléon et sert son ambition en promettant aux bêtes que s'ils travaillent dur à la ferme, ils iront dans le monde de Sucrecandi (l'équivalent du Paradis) après leur mort. Il représente ainsi les prêtres et la religion.

Parmi les serviteurs de Napoléon, citons également les neuf chiens qu'il a éduqués en secret. Ceux-ci, qui ont pour rôle de protéger leur maître en permanence et de veiller à faire appliquer ses directives, faisant montre au besoin d'intimidation et de violence, ne sont autres que des avatars de la police politique russe (désignée par de nombreux acronymes successifs en URSS : Tcheka, NKVD, Guépéou, KGB), bras armé du régime.

Enfin, il reste encore à mentionner la chatte, timide et paresseuse, qui incarne le personnage type du profiteur ; les pigeons, qui ont pour mission de propager la révolution dans les fermes avoisinantes et renvoient ainsi aux messagers de la révolution infiltrés à l'étranger pour divulguer le message de Staline ; et les animaux sauvages (lièvres et souris), symboles des masses laborieuses des pays capitalistes. Les animaux de la ferme tentent de convaincre ces derniers de l'intérêt qu'ils auraient à rejoindre la révolution, en vain. Ceux-ci préfèrent leur mode de vie.

ANALYSE DES THÉMATIQUES

UNE CRITIQUE DE L'URSS DE STALINE

Si l'on peut isoler plusieurs thèmes dans *La Ferme des animaux*, le principal est évidemment la critique de l'URSS, plus précisément de la montée en puissance et du régime totalitaire de Joseph Staline, entre 1927 et 1953. Dès lors, pour bien comprendre l'œuvre et les nombreux parallélismes qu'elle établit avec la réalité historique, il nous faut revenir sur l'histoire de l'Union soviétique.

De l'ancien régime à la révolution

Jusqu'en 1917, la Russie forme un empire gouverné par le tsar Nicolas II qui règne sans partage et qui apparaît, sur la scène internationale, comme un acteur politiquement et culturellement arriéré. Le système parlementaire est purement symbolique et la police secrète du tsar (l'Okhrana) veille à étouffer dans l'œuf toute forme d'opposition. Économiquement, bien qu'elle soit majoritairement constituée de terres paysannes, la Russie connaît un important développement qui entraîne la création d'une classe ouvrière dénuée de droits et exploitée autant que possible. Mais, en octobre 1917, une grande famine pousse le prolétariat, encouragé par les factions communistes, à la révolution. Le tsarisme est aboli et la société doit se réorganiser dans son ensemble pour devenir – c'est ce qu'espèrent les révolutionnaires – plus juste, plus solidaire et plus fraternelle.

| Manifestation populaire en Russie, le 1er mai 1917.

S'ensuit une période de troubles lors de laquelle des factions rivales tentent de s'arroger l'exclusivité du pouvoir. Ce sont finalement les bolcheviks qui s'imposent, prescrivant un modèle de société inspiré des écrits de Karl Marx et dans lequel il s'agit de mettre fin à l'oppression de la classe ouvrière. Jusqu'en 1921, ils mettent en place un régime draconien et procèdent à une redistribution générale des richesses, contraignant de nombreux bourgeois, aristocrates et propriétaires à s'exiler à l'étranger. D'autres, appelés les Russes blancs, organisent une contre-révolution militaire, appuyée de l'extérieur par les puissances européennes, mais cette tentative de récupération se solde par un échec. Le symbole de l'Union des républiques socialistes soviétiques (URSS), un drapeau orné d'une faucille et d'un marteau jaunes sur fond rouge, est alors adopté.

Dans *La Ferme des animaux*, la Ferme du manoir, gérée par Mr Jones, renvoie incontestablement à la Russie de Nicolas II : les animaux sont exploités, pauvres et affamés, comme le sont les travailleurs russes de l'époque. De même, comme la révolution d'Octobre fait suite à une famine, la révolte des animaux est une conséquence de l'oubli de Mr Jones de nourrir ses bêtes. Ceux-ci, à l'instar des Russes, renversent le pouvoir pour créer un nouveau modèle de société, basé sur les théories de Sage l'Ancien/Karl Marx. La société promise est supposée advenir dans un avenir lointain, mais, dans les deux cas, elle ne tarde pas à voir le jour. Si la doctrine marxiste est travestie en animalisme dans le roman, de nombreux points de concordance existent : il s'agit notamment de mettre en place une société juste et égalitaire, grâce à la prise de pouvoir de la classe ouvrière/des animaux. Mais la Ferme des animaux connaît les mêmes dérives que l'URSS : au régime draconien imposé par les bolcheviks correspondent les sept commandements de l'animalisme. Le drapeau de la ferme (une corne et un sabot sur fond vert) fait lui-même écho à celui de l'URSS. Aussi certains animaux s'exilent-ils, comme la jument Lubie, et la révolte des Russes blancs trouve-t-elle son équivalent dans la fameuse bataille de l'Étable, au cours de laquelle Mr Jones et ses acolytes tentent de reprendre le pouvoir.

De l'idéal révolutionnaire à la terreur dictatoriale

Pour revenir à l'histoire de l'URSS, plusieurs personnalités émergent rapidement à la tête du Parti bolchevik, renommé Parti communiste dès 1918. Lénine, tout d'abord, prend les rênes du pouvoir jusqu'à sa mort en 1924, veillant à poursuivre le processus révolutionnaire et à consolider ses acquis. Joseph Staline et Léon Trotski s'opposent alors quant à la direction du parti. Trotski préconise une industrialisation à marche forcée et prône la révolution permanente, c'est-à-dire sa propagation à l'échelle internationale, mais il est évincé du parti en 1927 et assassiné en 1940. La voie est alors libre pour Staline, qui peut désormais imposer sa propre vision de la révolution.

Portrait de Staline.

Doté d'une personnalité paranoïaque, ce dernier fait basculer la Russie dans un régime totalitaire qui exerce un contrôle total sur les citoyens. Il se caractérise également par :

- **la censure**, qui se manifeste par le contrôle du courrier, l'envoi de mouchards ou d'espions, les nombreuses interdictions de publication ou encore le contrôle de la scène littéraire et artistique ;
- **la répression**, qui s'abat sur toute voix discordante par rapport au discours officiel et prend la forme de la déportation. Des dizaines de milliers de Russes sont ainsi déportés dans les camps de travail, sous les prétextes les plus légers, voire de façon totalement arbitraire ;
- **les purges au sein du parti**, qui donnent lieu à des procès sommaires et injustes, après lesquels les opposants supposés sont déportés ou exécutés. Ces événements contribuent à entretenir un climat de terreur, même dans les hautes sphères du parti ;
- **le révisionnisme**, c'est-à-dire la modification par l'État, en fonction de ses intérêts, du discours officiel sur l'histoire et de la représentation collective du passé ;
- **la propagande**, qui consiste à faire accepter à la population, en permanence, les vues du pouvoir en place. De nombreux messages officiels, parfois en contradiction les uns avec les autres, sont ainsi quotidiennement déversés sur tous les canaux de communication de l'époque ;
- **le culte de la personnalité**, autrement dit le développement d'un véritable culte collectif autour de la personne de Staline. Les portraits élogieux du dirigeant soviétique, qui se fait appeler « le petit père des peuples », sont relayés par les médias en continu, prévenant toute forme de recul critique sur le régime.

Ici encore, on constate que les parallélismes sont légion. Les opinions, systématiquement en opposition, de Napoléon et Boule de Neige renvoient évidemment aux affrontements entre Trotski et Staline. Boule de Neige emprunte, de façon à peine détournée, les leitmotivs de Trotski : industrialisation à marche forcée (qui correspond au projet du moulin à vent) et propagation internationale de la révolution. Le thème de l'industrialisation est ensuite repris à bon compte par Napoléon après l'expulsion de Boule de Neige, épisode qui possède également une réalité historique. Par ailleurs, le nouveau dirigeant de la Ferme des animaux correspond trait pour trait à Staline, et la dictature dans laquelle il entraîne la ferme est le parfait reflet de l'organisation totalitaire de l'URSS. Toutes les composantes du régime stalinien sont là : révision progressive des principes originels de l'animalisme, instauration d'un régime de terreur grâce aux chiens qui protègent Napoléon, procès arbitraires et exécutions sommaires, propagande exercée par Brille-Babil, impossibilité de toute forme de débat, organisations de cérémonies en l'honneur du chef, etc. Enfin, notons que l'évolution positive des relations entre les animaux et les humains fait écho aux rapports changeants qu'entretient l'URSS avec les autres pays durant la Seconde Guerre mondiale. Hésitant d'abord à s'allier avec l'Allemagne, elle se range finalement dans le camp des Alliés et se voit envahie par les troupes nazies, de même que la Ferme des animaux est envahie par Mr Frederick. À la fin de l'œuvre, le banquet regroupant les humains et les cochons renvoie à la crédibilité dont jouit Staline sur la scène internationale après la guerre. La mutation des animaux en humains symbolise, finalement, la transformation des communistes en possédants capitalistes.

Éléments du roman	Correspondances dans l'histoire de l'URSS
La Ferme du manoir, gérée par Mr Jones	La Russie tsariste, dirigée par Nicolas II
Le soulèvement des animaux	La révolution d'Octobre
La tentative de reprise de la ferme par Mr Jones (bataille de l'Étable)	Le conflit avec les Russes blancs, qui tentent de reprendre le pouvoir
Les dissensions entre Napoléon et Boule de Neige	Les dissensions entre Staline et Trotski
L'éviction de Boule de Neige	L'éviction de Trotski
L'avènement du régime autoritaire de Staline	L'avènement du régime autoritaire de Napoléon
La reprise des relations avec les humains	La Seconde Guerre mondiale et la restauration des relations entre l'URSS et les démocraties occidentales

Toutefois, si Orwell dénonce de manière à peine voilée les dérives autoritaires de l'URSS sous Staline, son œuvre se veut aussi une critique plus large des dérives qui menacent tout processus révolutionnaire. L'écrivain a en effet observé de près ce processus lors de son engagement en Espagne : le décalage entre les promesses utopiques et l'effrayante organisation finalement mise en place souligne, selon lui, le danger contenu en germe dans toute tentative de réorganisation de la société. Le hiatus entre utopie et réalité est tel qu'il frise, dans le roman comme dans certains régimes politiques, la caricature, ce que George Orwell met aussi en évidence à travers le recours à des personnages zoomorphiques.

LE SAVIEZ-VOUS ?

Staline n'est pas le seul à avoir instauré un tel régime totalitaire suite à un processus révolutionnaire. On retrouve une évolution similaire dans d'autres pays tels que la Chine de Mao Zedong (1893-1976) ou la Roumanie de Nicolae Ceausescu (1918-1989), entre autres exemples. Toutefois, il est à noter que les régimes totalitaires ne sont pas forcément issus d'un processus révolutionnaire : songeons par exemple à l'Allemagne d'Adolf Hitler ou au Chili d'Augusto Pinochet (1915-2006).

STYLE ET ÉCRITURE

UNE FABLE ALLÉGORIQUE

Recourir à des animaux comme personnages d'une œuvre littéraire est une technique ancienne, présente chez des auteurs très divers. Le premier à l'avoir utilisée est le fabuliste grec Ésope (VIIe-VIe siècles av. J.-C.) qui met en scène, dans ses fables, de nombreux animaux aux prises les uns avec les autres pour en tirer des morales édifiantes. Ce procédé est repris plusieurs siècles plus tard par Jean de La Fontaine (1621-1695) dans ses célèbres *Fables* (1668-1694). Même si on en retrouve également dans d'autres genres, les personnages zoomorphiques sont donc caractéristiques de la fable. Texte court, simple et allégorique, celle-ci vise à illustrer de façon plaisante et détournée une vérité ou une moralité.

Force est de constater que *La Ferme des animaux* s'apparente pleinement à ce genre. L'œuvre compte 151 pages dans sa version française et est divisée en 10 chapitres, de longueur à peu près égale. Il s'agit donc d'une œuvre relativement courte, mais aussi plutôt simple, du moins en apparence. La narration progresse en effet de façon totalement linéaire, sans ellipse temporelle ni saut dans le futur ; le récit est univoque, sans ambiguïté, et il est raconté à la troisième personne, par un narrateur invisible et omniscient. Aussi le ton est-il, de façon générale, léger, badin, voire enfantin. Les phrases sont courtes et le vocabulaire est peu sophistiqué. Seules exceptions : les discours officiels des cochons, ainsi que l'annonce solennelle de Sage l'Ancien, qui prennent des tournures un peu plus châtiées, dans le but de caricaturer les discours officiels des dirigeants de l'URSS et les théories marxistes qui visaient, dans le contexte de l'époque, à justifier l'injustifiable. Mais ne nous y trompons pas, la simplicité formelle et la légèreté de ton visent en réalité à laisser plus de place à la critique sous-jacente au récit. Elles créent un contrepoint avec la noirceur du message.

L'œuvre met aussi en scène, tout comme la fable, des animaux et non des hommes, et véhicule un message qui se révèle être, ici, une critique particulièrement féroce. En outre, comme c'est souvent le cas dans les fables, les noms de certains animaux sont particulièrement évocateurs par rapport au caractère ou au personnage historique qu'ils incarnent : Napoléon renvoie à une personnalité conquérante et puissante (comme l'empereur français du même nom) ; Brille-Babil pourrait littéralement signifier « discours brillant », le babil désignant le gazouillis émis par les bébés ; la jument Lubie, conformément à son prénom, suit sa propre lubie (son attachement aux choses matérielles) alors que s'édifie la nouvelle société ; Moïse le corbeau, qui représente la religion, possède le nom d'un patriarche biblique ; Sage l'Ancien est sage et ancien, etc.

Mais pourquoi George Orwell a-t-il fait le choix de ce genre ? Tout d'abord pour créer un effet de décalage, voire de malaise, lié au fait que les supports de la morale délivrée soient non pas des hommes, mais des animaux dotés d'une conscience et d'une personnalité. Ce contraste rend sa critique beaucoup plus grinçante et corrosive. L'utilisation de personnages zoomorphiques lui permet en outre de typer davantage les hommes, en les rapprochant des caractéristiques supposées de telle ou telle espèce animale. Ainsi, dans *La Ferme des animaux*, les cochons, réputés pour être des animaux intelligents, représentent les nouvelles classes dominantes, tandis que les moutons, traditionnellement associés à la stupidité, se montrent influençables et critiques. Enfin, on décèle également dans ce choix une tentative d'universalisation du récit : la fable étant un genre historique, donc bien connu du lecteur, celui-ci aura tendance à attribuer au message véhiculé la permanence des vérités délivrées dans les fables classiques.

UN UNIVERS PARODIQUE

La Ferme des animaux relève aussi du domaine de la parodie. Il s'agit d'une technique littéraire visant à emprunter des éléments d'une autre œuvre ou d'une institution pour les détourner et ainsi produire un effet humoristique.

Le détournement des symboles soviétiques

George Orwell s'ingénie tout d'abord à détourner certains symboles de l'URSS, son hymne et son drapeau, ce qui non seulement accentue sa critique, mais suscite également le rire. Il faut savoir que les services de propagande russes donnent à leurs discours officiels et aux symboles de l'URSS un aspect immuable et sans réplique, alors qu'ils n'hésitent pas à les modifier en fonction de leurs intérêts. L'auteur, en détournant les symboles soviétiques, dénonce ainsi ces pratiques avec une grande subversion.

L'air *Bêtes d'Angleterre*, tout d'abord, constitue un détournement à peine masqué de l'hymne international communiste *L'Internationale*, qui sert de chant de ralliement à tous les communistes du monde. Le détournement est clairement visible : la structure, les paroles et le message délivré dans *Bêtes d'Angleterre* sont identiques à ceux de l'hymne, le sens ne subissant qu'un léger glissement pour correspondre au contexte du roman. Ainsi, les prolétaires deviennent les animaux et les exploiteurs les propriétaires humains des fermes.

Le détournement du drapeau est évident lui aussi : la faucille et le marteau, deux outils symbolisant le travail, sont remplacés par une corne et un sabot, deux attributs des animaux symbolisant eux aussi le travail. Par ailleurs, pour le fond du drapeau, le vert, qui évoque la nature, se substitue au rouge, qui renvoie quant à lui au sang versé pour la révolution.

Mais George Orwell ne s'attaque pas seulement à ces deux symboles soviétiques : le corps théorique élaboré par les cochons, l'animalisme, constitue quant à lui un détournement et une caricature des théories marxistes. L'animalisme reprend en effet les promesses du marxisme tout en les adaptant à l'univers du roman.

Les détournements opérés par les cochons

À ces détournements créés par l'auteur répondent ceux opérés par les cochons eux-mêmes afin de travestir la vérité et d'imposer leur domination aux autres animaux. Ils sont évidemment caricaturaux des manipulations auxquelles se livrent les différents services de l'État stalinien. Ils concernent le slogan imposé par le parti des cochons, le discours officiel sur l'histoire de la ferme et, surtout, les sept commandements.

Un slogan, de façon générale, vise à rallier ceux qui le scandent autour d'une formule simple. Il est donc par définition rassembleur et dense de signification. Celui de la Ferme des animaux (« Quatrepattes, oui ! Deuxpattes, non ! ») est par ailleurs très tranché : il exprime clairement l'impossibilité de toute relation avec les humains et la défiance que les animaux doivent systématiquement leur opposer. Toutefois, à la fin du roman, lorsque les cochons rétablissent des relations commerciales avec les hommes, ils imposent une version modifiée du slogan initial : « Deuxpattes, bien ! Quatrepattes, mieux ! » Ce slogan détourné est adopté sans sourciller par l'ensemble des animaux, qui n'y voient que du feu, à quelques exceptions près, ce qui permet aux cochons de faire accepter à la population de la ferme le commerce avec les humains.

Le discours officiel que le régime des cochons tient sur lui-même, par le biais de Brille-Babil, évolue lui aussi progressivement pour s'adapter aux intérêts de Napoléon. Ainsi, Boule de Neige, pourtant héroïque et décoré lors de la bataille de l'Étable, est par la suite vilipendé. La version détournée de l'histoire de la ferme, acceptée par les animaux à force de répétitions, caricature le révisionnisme du régime stalinien.

Le cas le plus flagrant de détournement opéré par la classe dominante des cochons concerne les sept commandements, édictés juste après le soulèvement des animaux. Parmi ceux-ci, on trouve l'interdiction absolue de tuer un autre animal, de consommer de l'alcool ou de dormir dans un lit, mais ces trois commandements finissent eux aussi par être détournés, afin de permettre aux cochons, qui adoptent progressivement les mœurs humaines/capitalistes, d'exécuter leurs opposants, de consommer de l'alcool ou de dormir dans des lits. Quant au dernier commandement, qui exige une égalité absolue entre les animaux, il est également modifié pour justifier les privilèges des cochons : certains animaux sont ainsi « plus égaux que d'autres ». Ce travestissement de la formule de base illustre à merveille les manipulations de Brille-Babil. Le discours se vide de son sens pour justifier une société insensée.

Avec *La Ferme des animaux*, George Orwell a magistralement réussi à susciter une prise de conscience critique. L'humour grinçant qui émane du récit fait rire jaune, tandis que le dévoilement progressif des ressorts de la nouvelle société rend lucide quant à la vraie nature du régime stalinien, repoussante à tous points de vue. Il en résulte un sentiment de malaise, qui devait être d'autant plus prononcé dans le contexte de la fin de la guerre.

LA RÉCEPTION DE
LA FERME DES ANIMAUX

ENTRE SUCCÈS ET POLÉMIQUE

Paru après quelques péripéties en 1945, *La Ferme des animaux* devient rapidement, au même titre que *1984*, un classique de la littérature occidentale du XXe siècle. L'œuvre est traduite en français en 1947 par Jean Quéval (1913-1990), journaliste critique et écrivain, par ailleurs membre fondateur du groupe littéraire OuLiPo. Des traductions dans de nombreuses langues voient ensuite le jour.

Le succès du roman s'explique, entre autres, par son caractère polémique, sa violente critique du stalinisme et l'accessibilité de sa lecture. En Grande-Bretagne, des artistes célèbres se proposent même spontanément de l'illustrer dès sa publication. En effet, son appartenance au genre de la fable, ses personnages zoomorphiques et sa narration linéaire en font un sujet idéal d'illustration. C'est finalement à Ralph Steadman (né en 1936) que revient la tâche d'illustrer *La Ferme des animaux*, à l'occasion du cinquantième anniversaire de la publication de l'œuvre, en 1995.

De façon logique, suite à la sanction des services de censure soviétiques, le livre est immédiatement interdit de publication en Russie, et ce jusqu'à l'effondrement de l'URSS en 1989. Une traduction en ukrainien – l'Ukraine fait alors partie de l'URSS – est toutefois réalisée dès 1947, en Allemagne, mais elle n'est pas diffusée en Ukraine et les Américains eux-mêmes la confisquent pour la remettre aux Russes. Aussi semble-t-il que des versions russes de *La Ferme des animaux* circulent en URSS, comme samizdats. Il s'agit d'écrits clandestins – parce qu'interdits de publication en raison d'un contenu contraire aux vues et aux dogmes de l'État stalinien – qui circulent sous le manteau et sont distribués via des réseaux confidentiels. Les possesseurs de samizdats pris sur le fait risquent la déportation ou l'emprisonnement.

DES ADAPTATIONS TRÈS DIVERSES

Si *La Ferme des animaux* se prête aisément à l'illustration, le roman connaît également deux adaptations audiovisuelles. Tout d'abord, une version animée de l'œuvre est réalisée par John Halas (1912-1995) et sa femme Joy Batchelor (1914-1991) en 1954. John Halas est un émigré hongrois et un opposant à la mainmise des Russes sur l'Europe de l'Est qui a lancé, avec son épouse, une maison de production publicitaire (« Halas & Batchelor Cartoon Productions »). En 1951, il décroche un contrat avec le gouvernement anglais pour la réalisation d'un film d'animation, en l'occurrence l'adaptation de *La Ferme des animaux*. Ce projet constitue un exemple pionnier dans le cinéma d'animation destiné à un public adulte. Il mobilise plus de 70 personnes et nécessite la création de 1 000 fonds de couleurs et de 250 000 dessins différents. Il s'agit donc d'une grosse production, à une époque où le cinéma d'animation est encore peu. L'adaptation rencontre un grand succès, à la fois auprès de la critique que du public.

Selon les rumeurs, les services de renseignement extérieurs américains (CIA) auraient financé le projet de façon occulte et à l'insu des réalisateurs. En effet, dans le contexte de la guerre froide, les Américains sont particulièrement enclins à financer tout produit culturel critiquant le régime stalinien. Il s'agit évidemment d'une forme de propagande souterraine que George Orwell aurait certainement dénoncée. C'est cette intrusion de la CIA dans le projet qui aurait provoqué les quelques différences entre le film et le roman. Le dénouement, par exemple, n'est pas identique : dans le film, les humains reprennent le contrôle de la ferme, ce qui constitue une forme de *happy end*, tant le régime de Napoléon est dépeint comme cauchemardesque. On voit bien l'intérêt des services de renseignement américains : diaboliser le régime stalinien pour valoriser les démocraties capitalistes occidentales. Les noms des animaux subissent eux aussi quelques modifications : ainsi Sage l'Ancien devient Major, Napoléon se transforme en César et Malabar est renommé Hercule. Boule de Neige (Boule de suif dans le film), l'avatar de Trotski, a quant à lui été rendu plus sombre pour éviter que le public ne le trouve trop sympathique.

Une autre adaptation de *La Ferme des animaux* paraît en 1999 sous forme de téléfilm, produite par Hallmarks films et réalisée par John Stephenson (né en 1962). Dans cette version, certains critiques dénoncent une aseptisation du propos initial, fort pessimiste.

Enfin, le roman de George Orwell inspire également de nombreux artistes sur la scène musicale. Ainsi, l'album *Animals* du groupe Pink Floyd, qui sort en 1972, fait directement référence au roman. Les groupes de rock R.E.M., avec le morceau *Disturbance at the Heron House* en 1987, et The Clashs s'en inspirent également fortement. La violente critique et le propos pessimiste du roman cadrent en effet assez bien avec le décor et les principes contestataires et revendicateurs du rock and roll. *La Ferme des animaux* constitue donc une source d'inspiration pour des artistes très divers.

Votre avis nous intéresse !

*Laissez un commentaire sur le site de votre libraire en ligne
et partagez vos coups de cœur sur les réseaux sociaux !*

BIBLIOGRAPHIE

SOURCES BIBLIOGRAPHIQUES

- CHOMSKY (Noam), *Comprendre le pouvoir*, Bruxelles, Aden, 2005.
- CRICK (Bernard), *Orwell. A Life*, Londres, Secker & Warburg, 1980.
- HOBSBAWM (Eric), *L'âge des extrêmes. Histoire du court XXe siècle*, Bruxelles, Éditions André Versailles, 2008.
- ORWELL (George), *Écrits politiques (1928-1949)*, Marseille, Agone, 2009.
- ORWELL (George), *La Ferme des animaux*, Paris, Gallimard, 1984.
- PEARCE (Robert), « *Animal Farm*: Sixty Years On », in *History Today*, consulté le 5 août 2015
  http://www.historytoday.com/robert-pearce/animal-farm-sixty-years
- RODDEN (John), *Understanding* Animal Farm, Westport, Greenwood Press, 1999.
- SOULE (George), « Review of George Orwell's *Animal Farm* », in *The New Republic*, 1946, consulté le 2 août 2015.
  https://newrepublic.com/article/114852/1946-review-george-orwells-animal-farm

SOURCES ICONOGRAPHIQUES

- Portrait de George Orwell daté de 1940. La photo reproduite est réputée libre de droits.
- Manifestation populaire en Russie, le 1er mai 1917. La photo reproduite est réputée libre de droits.
- Drapeau de l'URSS. La photo reproduite est réputée libre de droits.
- Portrait de Staline. La photo reproduite est réputée libre de droits.

ADAPTATIONS

- *La Ferme des animaux*, film de John Halas et Joy Batchelor, Royaume-Uni, 1954.
- *La Ferme des animaux*, film de John Stephenson, États-Unis, 1999.

- 42 -

Éditeur responsable : Lemaitre Publishing
Avenue de la Couronne 382 | B-1050 Bruxelles
info@lemaitre-editions.com

ISBN ebook : 978-2-8062-6596-8
ISBN papier : 978-2-8062-7376-5
Dépôt légal : D/2016/12603/93